푸른사상
시선

85

동백꽃 편지

김 종 숙 시집

 푸른사상
PRUNSASANG

푸른사상 시선 85

동백꽃 편지

인쇄 · 2017년 12월 28일 | 발행 · 2017년 12월 31일

지은이 · 김종숙
펴낸이 · 한봉숙
펴낸곳 · 푸른사상사

주간 · 맹문재 | 편집 · 지순이, 김수란 | 마케팅 · 김두천, 이영섭
등록 · 1999년 7월 8일 제2-2876호
주소 · 경기도 파주시 회동길 337-16(서패동 470-6) 푸른사상사
대표전화 · 031) 955-9111(2) | 팩시밀리 · 031) 955-9114
이메일 · prun21c@hanmail.net / prunsasang@naver.com
홈페이지 · http://www.prun21c.com

ISBN 979-11-308-1251-9 03810

값 8,800원

이 도서의 국립중앙도서관 출판시도서목록(CIP)은 서지정보유통지원시스템 홈페
이지(http://seoji.nl.go.kr)와 국가자료공동목록시스템(http://www.nl.go.kr/kolisnet)
에서 이용하실 수 있습니다. (CIP제어번호 : CIP2017035864)

이 책은 전남문화관광재단의 지원금 일부를 지원받아 제작되었습니다.

푸른사상 시선 85

동백꽃 편지

아버지 기억나십니까?

싱거미싱 앞 도리의자에 앉은 어머니가 감청색 목공단을 재단해 제 간따꾸를 지으실 때 어이 하고 부르시면 넌지시 고개 들어 아비에게 향하던 순한 눈길을

해 질 녘 강변 돌다리에 까맣게 올라온 고동을 쓸어 담아 된장국을 끓이던 구수한 저녁을 말입니다.

강변의 일광욕은 또 어떻습니까?

종일 아이들을 부르던 햇발 말입니다.

오늘은 경계도 없이 피고 지는 나팔꽃같이 당신이 꽃피운 돌꽃 같은 시간이 제게 와 도란거립니다.

＊

어떤 날은 투명하게 어떤 날은 두껍게 흘러갔다

2017년 12월
김종숙

| 차례 |

■ 시인의 말

제1부

제2부

제3부

제4부

제1부

시, 일곱 편

이제 막

눈 맞춤을 시작한

수국 일곱 송이를 두고

집을 비워야 할 형편이라

한 송이씩 리본을 묶어 건넸더니

꽃을 받아 든 이들이

꽃이 되어

출렁거렸다

수국

일곱 송이가

건너가

일곱 편의 시(詩)로

다시 묶였다

정가(靜柯)

조곤이 와

오늘부터 당신은 나의 영원한 마누라야 죽기 전에 우리 사이에 이별은 없어요.[*] 세상 여자들의 귀를 혼곤하게 적시는 너는 내 여자라는 말,

초동(初冬)의 나무 한 가지를 흔들어 영원(永遠)밖에 모르는 그녀는 처마가 깊어져 그늘을 가졌다

가난하고 외롭고 높고 쓸쓸하니 살어 가도록 태어났다[**]는 사내,
하눌이 이 세상을 내일 적에 그가 가장 귀해 하고 사랑하는 것들은 모두 가난하고 외롭고 높고 쓸쓸하니
그리고 언제나 넘치는 사랑과 슬픔 속에 살도록[**] 지으셨다는
바구지꽃,[**]
그녀의 사랑이 머물다 간 자리

오래 비어 고요한 끝

* 백석이 기생 진향을 처음 만나 건넸다는 말.
** 백석의 시 「흰 바람벽이 있어」에서.

별서(別墅)에서

능수버들의 문장에 녹우(綠雨)가 흐르네
문장은 나를 멈춰 서게도 정토를 기웃거리게도 하네

그의 시문(詩文)을 들여다보는 사이에도 문장은 쉼 없이 돋
아나고 나는 돌계단에 앉아 귀를 기대네

나를 멈춰 서게 하는 녹우여,

그윽한 문장이여
유려한 필체여

오늘은 저 빗줄기 속에 돋아나는 말을 따라가보기로 하네,
푸른 사유의 관정을 기웃거리네

폭포 1

인적 끊긴 산중인데 물길 닿는 소리 한결같다

이역만리 밖 이상적(李尙迪)*이 탱자울 궁벽한 추사를 좇는

우도(友道)의 물길이 이 같다 하였던가

아직 산문 밖에선 훼절의 소식 끊이질 않는데 저 기운찬

물살은 어느 심연에 물꼬가 닿아 저리 당당하고 촉촉한가

* 조선 순조 때 현직 역관의 신분으로 시류에 영합하지 않고 사행길마
다 위리안치 중인 스승 추사를 위해 『우경문편(藕耕文編)』 등 거질의
책을 구해다 준 인물로 〈세한도〉를 그려 보낸 추사에게 "서책은 선
비와 같아 어지러운 권세와 걸맞지 않는 까닭에 저절로 맑고 시원
한 곳을 찾아간 것"이라 답신하고 청나라 문사 16인의 찬문과 찬시
를 받아 다시 되돌려주었다 전함.

마현에서

    광주부 초부면 마현의 여유당(與猶堂) 낙숫물 자리에 가벼운 흙모래는 다 흘러가고 굵은 모래만 태산이다

    수없이 캐묻고 두드린 흔적이다

꽃 피고, 꽃 진 자리

나팔꽃 진 자리에 어둠이 들어앉았다
꽃일 때는 방금 전의 일이더니 꽃 떨어진 자리, 먼 풍경처럼
어두워져
잊힐까,
잊힐까 말을 건넨다

어느 어둠에,
차로에 웅크린 어린 산짐승의 몸을 지나가고 말았는데, 한
우주가 무너지는 소리를 듣고 말았는데

한 세계가 무너지는 소리는 꽃 떨어진 자리에 어둠이 머무
는 일

꽃 피고 꽃 진 자리 오래 잊히지 않는 것은, 그것들 내안에
오래 살아있어
그러는 것이라네

전부(田父)

바닷가
칭보리 언덕에
한바탕 소나기가 지나가자
비설거지를 마친 노인과 늙은 아내가
소달구지를 끌고
집으로 가기 바쁜데
황소는 잇꽃을 따라 남의 밭으로 들겠다
고집을 부린다

늙은 소는
달구지가 힘에 부치고
태산을 갈아엎던 노인은
황소가 힘에 부치는가
달구지를 세우고
먼 산
해를 본다

외길 건너
풍경을 바라보던 내가

오히려 다급해져

달구지 뒤축 슬쩍 들어주었더니

황소도 노인도 가던 길

쉬 간다

양철 지붕의 헛간을 둔 노인이

그제야 해를 풀어준다

안연과 자하*

수곽으로

눌 흘러드는

소리를 듣네

소리는 소리를 부르고

다시 또랑한 소리는 새로운 소리를 불러

소리는 물음이 되고

물음은 음계 없는

긴 질문이어서

물음은 물음을 낳고

다시 물음은 새로운 물음을 낳아

거기, 귀가 순해지기를 기다리는

늦깎이 여학생도

귀에 들어오는 질문과

물음을 받아 적느라

산그늘이 지는 줄

모르네

가만,

그 끝에

안연(顔淵)과 자하(子夏)도

공자에게 묻고 답하네

공 선생이 제자들에게

새 물을 길어

붓네

* 공자(孔子)의 제자.

소요(逍遙)와 소요(騷擾)

여백을 좇아
월정사로 가겠다는 이에게
보랏빛 맥문동이 있는 풍경을 손짓해
예서 놀겠다 하였습니다

바늘귀에 실을 달아 무념(無念)의 종이 위에 나무 한 그루
수놓았습니다 나무의 중심에 둥지 하나를 들이고 긴꼬리딱
새도 불렀습니다

귀한 새가 들었다고 벗에게 짧은 문장 한 줄 띄웠더니 소
문은 고요한 뜰을 넘어 한바탕 소란이 소나기처럼 지나고 나
의 뜰에는 발자국만 어지럽게 남았습니다

여백을 좋아한다던 내가 종일 한 일이라곤 소요를 끌어들
인 일뿐이었습니다

그대의 숲에는 삼나무가 빽빽하고
나의 별서(別墅)에는 발자국만 수북합니다

우수

집을
비워둔 사이
집 안 공기(空氣)가 달라졌다
그릇장 여섯 치(寸) 반
콩꼬투리는
외로 돌아눕고
작두콩 일곱 알은
사방으로 뛰쳐나갔다

봄이
두어 차례
다녀가는 것을 잊고
흙으로 보내지 않았더니
물 흐르는 소리 제 귀로 알아듣고
봄 속으로 뛰쳐나간 것이다

벼리어 깨친 이의 몸짓이 이러하다

예각

모(馬)가 나와야 할 때 모는 나오지 않았다 허나 걸(羊)이
나오고 도(豚)가 나와 판을 바꾸기도 하였다
　백양나무 숲의 손바닥 같은 잎사귀를 생각하며 수없이 윷
가락을 던졌다

❋

가마에 구워 단단해진 다기(茶器)가 도착했다, 저 다기 예
오느라 홧홧한 시간을 견뎌냈으리라
　어깨를 스치며 지나가는 저 분청 같은 이들도 수없이 불길
에 던져졌다 끝내 살아남은 자들이다

❋

집 떠날 때 마디마디 맺혀 있던 꽃망울 달포 만에 와서 보
니 저 혼자 피었다 저 혼자 져 내린 것을 지나가던 바람이 해
를 불러 다비장(茶毘場)을 치른다

　저 혼자 피고 지는 일이 이러하다

사물들

중심을 잃고 오래 누운 날은 사물들만 오래 곁을 지켰다
보행보조기와 전기침 시계와 달력 유리창의 먼지……
모든 원형질의 뿌리는 절박함이다
이때 우리는 바랑을 지고 탁발을 나서야 한다는 것을 안다
그렇지 않고서 어찌, 남겨진 배추김치 겉잎 한 장을 펼쳐
나무 그늘이라 찾아들고 병실로 포행 온 해 그림자에서 물결
을 만날 것이며 병상에 누워 태백의 황지연못을 돌고 돌 수
있단 말인가
어찌, 달력에 걸린 풍경 속을 걸어 들어 내가 풍경이 될 수
있단 말인가
어찌하여 수천 가닥의 침이 내리 꽂히는 날 백담계곡 영실
천 무극의 천탑은 내게 왔다 갔더란 말인가

지독한 바람 앞에서는 사물들도 마음을 보태 현(玄)의 시간
을 같이 건너주더라

제가 울린 징소리

다슬기를 주우러 개울에 발을 들였다

보아둔 다슬기는 보이지 않고 물결만 일어 다슬기를 따라
자리를 옮겨 가고 다시 가만 따라가보았으나 개울은 더 크게
헝클어지고

멈추고 기다려야 가라앉는다
멈춰서 보아야 환해진다

제가 울린 징 소리에 귀가 닫힌 허튼 몸짓 하나
헝클어진 개울에 붙들려 애가 탄다

폭포 2

폭포에 당도하기도 전인데 물길 내닫는 소리 귀에 먼저 들어온다
먹먹한 저 울림이 나는 좋은 것이 나의 고향은 폭포 근처였던가

❋

단풍나무 숲 쪽에서 가슴에 고인 설움 한달음에 쏟아내는 이 누구일까
내 무거움도 함께 쏟아져 내리는지 내가 다 후련타

하산길이 가볍겠다

❋

묻어둔 설움 무에 그리 많아 줄기차게 우는 것이냐
울어라 달포라도 새 물이 올 때까지

바람과 나무

공항에서 한림으로 가는 길에 바람이 몹시 불었다

거리는 미농지를 풀어놓은 듯 어둠이 스며, 인적이 끊긴 가게들은 서둘러 불빛을 내리고 돌담에 기대선 나무들은 담장 높이에서 머리채가 쓸려 나가 우스꽝스럽게 서 있었다.

돌담에 기대선 나무들이 다 그렇다

애월해안 쪽에서 연일 불어대는 바람이 나무의 머리채를 다 쓸어가버린 까닭이라는데 삶의 거처마다 넘어야 할 경계는 늘 있는 모양이라고 쉬 말하고 누웠는데 잠이 오질 않는다.

아직 문 밖에선 바람이 울고 나무들은 또 어느 모퉁이 돌에 기대 올 풀린 영혼을 깁고 있는지

아무래도 오늘 밤은, 내 형편일랑 없는 듯 나무의 얘기만 오래 들어주어야겠다

제2부

마쓰모토성, 가이드 부부

　그녀는 시종 남자의 왼편과 오른편을 옮겨서며 날갯짓을
한다
　깃털을 고르듯 물어 온 정보를 귀띔해주거나 미리 탐색해
둔 곳에 이르면 서둘러 관계를 터주고 꽃받침처럼 남자 뒤로
가 피어 있는 것이다
　가장 기쁜 유희처럼
　남자는 남자대로 열락(悅樂)의 날갯짓을 선물처럼 받아들
고 봄흙 같은 향기 건네면
　그 향기 받아 또 건네고 다시 또 받고 건네고

　어느덧 관광도 마쳤으나 부부의 잔상이 오래 따라와 뒤 돌
으니 성문 밖 해자(垓字) 앞의 기러기 한 쌍
　주억주억, 몸을 부비다 노니다 하는 것이다

　봄과 여름의 틈새에 애틋함이 분주하다

시가 버무려지는 시간

시인의 집 김장김치에는 시가 버무려져 있다
입동 지나, 꿩이 큰물에 들어
대합으로 여물어간다는 절후(節候), 즈음
시인은 화사한 맛을 불러온다는 황석어젓을
소에 마저 섞어 호아지라 하고
사내는 김치가 버무려지는 풍경으로 들어와
시집을 펼쳐 든다
시 한 소절 읽어내릴 때마다
배추포기 사이, 사이마다 시가 쟁여져서
가지취 내음새가 나는 여승*이 지나가고
풍구재도 얼럭소도 쇠드랑볕도 모다 즐거이** 지나가고
나면
사내는 읽던 시 내려두고 배추포기 들여오고
시 한 소절 읽고 김치 한 입 맛보고
북방의 시냇물 소리 움켜쥔
무 광주리 들여오고
차분차분 쟁여 담은 김장독
제자리 찾아가며

올 김장은 시가 배어

대들보 우에 베틀도 채일도 토리개도 모도들 편안하니**

평평한 소식만 들려오겠다고

싸르락 싸르락

싸락눈

소리도 없이

나리고

* 백석의 「여승」.
** 백석의 「연자간」.

나야

늦은 밤
잠결에 듣는

나야,

쿰쿰한 밤바다 냄새가 묻어 있다

주말부부로
지나온 이십 년
서로 사무쳐
제 빈 가슴 그러안기도 하지만
포개 있고 싶은 날에는
전화기에 대고
서로를 부른다

나야, 잘 자나 해서

절해고도

바다가 부르는 것만 같다는

무정의 끝에서

우리는

말끝을 돌려

밥

잘 먹고

잘 자

1.4평*

퇴직하고
섬에 방 한 칸
얻어 들었네

자고 난
이부자리 위로
아침 해가 들고
느릿한 아침이 기지개를 켜는 방 한 칸
된장 뚝배기 하나에
단물이 고이는 방 한 칸
세상천지간에
우리 둘
단출한 방 한 칸

당신과 나를
싸 들고 나오면
텅
텅 빈

극빈의

방,

한

칸

* 화가 이중섭이 아내 남덕과 기거했던 서귀포의 방 한 칸.

먼나무

신성한
곳이라는 이름의
사려니숲 육십 리 길 돌아 나와
지나쳐갔던 먼나무
그제야 보입니다

사는 일이 서툴러
마른 절벽 위를 걸을 때
흘러가는 구름만 보는 당신이 서운해
먼(遠)나무 같던 날
천 년을 변치 않는다는 감지(紺紙)를
떠올리기도 하였습니다

흰 눈
날리는 겨울
화산송이 길 위의 당신
붉은 열매를
등불처럼 치켜들고

가파른 절벽을 지키는

수도원인

당신

빈 동이

자정 넘어
어미의 걸음을
함박눈이 길을 낸다

숫눈의
길을 걸어온
어미와 아기가
순한 나비잠에 들고
어미는 알 수 없는 진동에
다시 눈을 뜬다

먼
바다로부터
밀물이 드느라
거푸, 지축이 흔들린다고
여기던 어미가
자신의 몸에서 마음이 멈춘다

새 물이 드는 소리다

숫어미는
자신이 마른 동이인 줄
그제야 알고
서둘러 두레박을 내려
빈 동이 씻어내고
쓰르라미 소리로
차오른 새 물을
어린것에게
물린다

귀향

목민관

해관 행장은

부임 시 행장 규모를

벗어나지 말아야 한다던 다산을 생각하며

내 초록의 찻물 우려낸

낡은 다관 싸 들고

집으로 가네

선생도

귀향 행장을 꾸려

집으로 가는 길이

실금만 무수한 낡은 다관을

그러잡는 일

같았을까

이제껏 쓰였으니 그것이면 족하지

예속의 옷을 벗고
벗어둔 나를 주워 입으러
집으로 가네

집으로 가는 길은
청운도 적운도 다 품어
빨래하기 좋은 날, 당목 홑청 뜯어들고
간짓대 드리우고 팔랑팔랑 말리려네

소묘

이른
가을볕에
싸리꽃이 더
향기로워지는 한탄강

화사(花蛇) 한 마리
재빨리 풀숲으로
천형의 걸음 옮겨가고
팔월의 강은
파랑(波浪)이 그린
강돌을 품어
안느라

우렁우렁
제 젖은 가슴을
옷섶 깊이
재운다

어미

앞가슴 열어

젖을 먹이는

저 앳된 여자는

열일곱에 어미가 되었다

엊그제만 해도

솜털 보송한 겨울눈이던 여자가

가슴을 열어 목련 한 송이를 꺼내자

거기 연분홍 모과꽃도 따라와

아기 입에 물리는데

젖을 물리는 의식(儀式)이 서툰 어미는

비켜서는 모과꽃을

어떻게든 물려보려고

꽃 한 송이를

틀어쥐고

어르고

채근한다

꽃, 아이들

교정의 과꽃이랑 수레국이 다 제 생각대로 피었다

책상 앞에 앉은 꽃, 꽃들이 다 제 빛깔로 피었다

빛이 들어 색(色)을 가졌다

입술이 닿은 자리

사과밭 주인의 사과 맛 좀 보고 가라는 말, 사람이 그립다는 말 같아 사과 한입 베어 물었네

사과는 달콤한 향기를 가져서 입술이 닿은 그 첫 자리 다시 가 보았더니
뜨거운 심장 하나 와 있었네

사과를 좋아한다는 그가 나를 찾아
향기로운 심장이 하나, 둘, 셋, 포옥 안겨 왔네

붉고 향기로운 사과를 한 입 베어 물어
내게 사랑이 왔네

어떤 만남

동백이 붉어지던 날 그가 왔습니다

가끔 내 주위를 맴돈다고 느껴지는 시간이었습니다

때때로 안부를 물어 오기라도 하듯 뜻밖의 시간에 그가 문밖에 서기도 하였습니다

그렇다고 우리가 부쩍 가까워지진 않았으나 빈 걸음이라 여겨지지도 않았습니다

아닌 듯, 아닌 듯 문 앞에 서는 그를 지나치거나 문안으로 들이는 일인데 그만, 외면할 수 없어 빗장을 풀고 말았습니다

우리는 서로를 잘 몰라 겉돌고 겉돌 뿐, 그래서 띄엄띄엄 말을 건넵니다

어찌 나를 찾았느냐 물었다가, 나의 지기가 되어주겠느냐 물었다가, 혹여, 격정은 아니냐 물었다가

우리는 서로를 잘 알아, 아직은 어쭙잖게 등 기대지 말자

돌이킬 수 없는 일일랑 만들지 말자고

가슴이 지었다 허물어놓은 말, 갈 곳 없는 말들

꼬깃꼬깃 휴지통에 밀어 넣었습니다

이렇게 다녀간 문장(文章)들이 있었습니다

가을에

가을볕의 옹기 매병 하나
한쪽 귀를 잃고 순한 허공 하나 품었다

저 빈자리에 바람 한 자락 쉬어간다

헐어내야
마른자리 하나 생기고
마음 한 자락 얹을
빈자리 내주는 것인데
비설거지하듯
모나고 시든 꽃 다 따내고
나, 바람 아니다
바람 아니다
외면하고 서 있던 날
가만 돌아보다

슬며시 내 상처
꺼내보네

물든다는 말

길을 걷다 보니 칠면초 군락입니다

봄볕의 언두가 어느 사이 붉은 물이 들어 하나입니다

갯벌, 소금밭에서 해풍을 동여맨 자리인데

앓은 흔적 하나 없이 평원인 세계

천천히, 조금 천천히 에돌아봅니다

바람이었다가

낮과 밤이었다가

침묵이었다가

캄캄한 밤, 별의 노래입니다

물든다는 말, 첫 떨림만 오래 기억하는 일입니다

내가 네게 스며 네가 된다는 말입니다

바람이 그리울 때

탐매행 나섰다가 꽃은 못 만나고 개울가 바람과 마주쳤습니다

바람이, 소쿠리 가득 햇봄을 캐다 어디에 쓸 거요? 하고 묻길래
바람이 그리운 날 꺼내 먹는다. 답했습니다

한 움큼 입에 물고 눈 감으면 꽃그늘에 내가 서고
멀리 눈길 보내면 봄산이 달려드니

그대가 그리울 때
한 움큼
또 한 움큼

제3부

세한도

　세상 물리가 저 소나무에 깃들어 목숨 수(壽) 자, 한 자만
받들어도 길을 여는 아버지,
　불빛 없는 집에 사철가 소리만 여여하다
　'이 산 저 산 꽃이 피니 분명코 봄이로구나, 봄은 찾아왔건
마는 세상사 쓸쓸허구나……' 소리 좇아 가서 보니 어둠하
고 면벽해 사철가를 부르신다

　위암과 사투한 지 엊그젠데 다시 바람 앞에 서고 말아 전
문의와 사리분별 가리는 것 그예 알아들으시고 "속에 몹쓸
것이 있으면 띠어내불어야지 않것소."
　세한에 부싯돌 켜들고 '세월아 세월아 가지를 말아라, 아
까운 청춘들이 다 늙는다.'

　잉걸에 헐려나간 성대를 붙들고 빙벽을 혼자 간다

　거둬야 했던 날보다 버혀낸 날들 더 많아 그것들 다시 불
러 잘 가라 잘 가라 소리를 삼킨다

동백꽃 편지

아재, 바람 끝이 제법 차졌습니다.

이런 날 동백 숲으로 내달려야겠지만 아재의 동백꽃 얘기를 떠올리는 것으로 오후의 그늘을 지납니다.

아재도 동백이 지는 소리에 귀를 적시고 외따로움에 갇혀 계시지는 않는지요. 해 지고 그림자마저 사라진 빈자리인데 어서 안으로 드셔야겠습니다.

아재, 제게도 동백의 기억이 있답니다.

제 나이 여남은 살 적의 일이었습니다.

초례청 흑백사진 속의 어머니는 앳되고 수줍어서 그 꽃, 꼭 끌어안은 듯, 한아름 동백에 기대어 계신 듯도 하여 동백 숲으로 내달린 적이 있었습니다.

돌담을 감아 돌자 조랑조랑 물 흐르는 물소리가 고샅을 깨웠습니다.

윗샘이 넘쳐서 나는 소리가 아름다웠던 때였지요.

차고 넘쳐서 풍경(風磬) 소리가 났습니다.

넘친 샘은 도랑을 먹이고 아래로 아래로 흘러 고마리도 달개비도 목을 축이니 절로 푸르러 살 만한 세상이었습니다.

아재, 우리에게 이런 날이 있기는 했었나 봅니다.

우리가 잊고 지낸 순한 세상, 순한 목소리 순한 눈매 순한 손 순한 걸음, 순한 가슴…… 우리 옛적같이 살고 지면 저 숲의 동백이나 우리가 매한가지 아니겠는지요.

　아재, 고샅을 벗어난 길 끝, 동백나무 숲이 있었습니다.

　대나무 울 건너 동백은 붉고 푸른데 나무 그늘만 한 꽃자리는 아리게 뒹굴었습니다.

　놀라 떠나보내기에 이른 꽃모가지를 꽃 떨어진 자리에 잇대어도 보고 치마폭에 감싸 안고 오래도록 지켰으나 달리 방도가 없어 수없이 마음만 접었습니다.

　마음을 데인다는 것이 제 안에 상처 하나를 더 끌어안는 일인 줄 그때는 몰랐습니다.

　아재, 마음을 쓰는 일도 그러할 것입니다.

　웅심 깊은 나무가 곁가지를 깨치고 햇가지를 틔운다 하였으니 조금만 더 기다려보시게요.

　아재, 벌써 이슥합니다.

　이만 갖추지 못하고 아재의 소식을 기다리며 맺겠습니다.

흑백사진

빛바랜 사진첩의 그녀는 여름밤 박꽃 같고 화관은 흰 부추
꽃 같네

자신을 기억하느냐 묻는 그녀는 장독대 맨드라미꽃같이
도타운 덕담만 귀에 심어주어서 꽃밭에만 있는 줄 알았는데

내가 알 수 없는 시간에 놓여 있었네

상처에서 지혜를 끌어내 나누어주던 그녀는

서둘러 초야를 치르고 징병 간 지아비가 행불자 통지 한
장으로 돌아왔으나 모두들 딴 곳만 보고 딴 이야기만 해대서
말도 잃고 길도 잃었다네

그녀의 뜰에 메밀꽃이 들꽃처럼 피어나도 그녀에게는 희
고 설운 꽃이어서 친정에 내왕하는 일도 집안 대소사에 얼굴
을 들이미는 일도 다 헛일 같아 외떨어진 복숭아나무가 되어
갔다네

무궁화 꽃이 수없이 피고 졌으나

척박한 메밀밭이 된 그녀가 사진틀 밖으로 나오기에는 아
직 먼 일이었던가 보네

판화

　밤바다에서 찬물 끼얹는 소리를 듣습니다 한기 돋는 소리 두껍고 둔탁한 소리를 간유리창 너머로 들었습니다
　큰애야, 등 좀 밀어봐라
　문풍지가 우는 밤, 칠흑 어둠 속에서 돌덩이처럼 굳어진 몸에 찬물을 끼얹는 아버지가 계셨습니다
　아,
　나는 낡은 허리띠를 졸라맨 아버지의 딸
　아버지 허리춤에 붙은 나도 따라 빈 도시락 소리가 울려, 기다리는 것은 바람뿐이어서 목숨이란 다 무엇인가
　의심이 들 때 세상에 아버지라는 이름이 보여
　내가 숨어버리면 또 한 전체가 무너질까
　내게 부는 바람 같은 것은 아무것도 아니다 나를 기다려주자 쫌만 더 나를 기다려주자
　숨 멈추고 다독일 때

　바람벽의 내 아버지는 그날의 칠흑 고무판화를 한 장씩 한 장씩 걸어두고 가시는 것이었습니다

암각화

오매, 색이 참 곱다 기중 까지색이 질 이쁘다야

막둥아, 여그가 어디라냐 참말로 좋구나 니는 나 구갱 많이 시켜줘야 쓴다

낸중에 염라대왕이 어디어디 갔다 왔소 허고 물어 암만암만 갔다 왔소 허면, 구경 덜 했은께 더 허고 와야것소 허고 돌아가라고 헌다 안 허냐

당신이 앉던 자리 찾아 가 앉아보니 솔바람이 지나간다

입맛 나는 음식 앞에서, 오일장 옷전에 걸린 스웨터를 지나치며 생각한다

나도 몰래 그려 넣은 암각화

풀빛

우물 벽
물이끼가 푸르다
퍼내지 않는 세월이 풀빛이 되었다

외지로 나가 사는 자식들
등 뒤에서
뭔 일이든 순하게만 어떻게든 좋은 쪽으로 되어라
새 물 길어 장독에 놓아두고
물 젖은 치맛자락마냥
풀썩 주저앉아

햇볕 같은 자식들 다녀간 자리
가만 쓸어보는
빈집

빈처

밤잠을 뒤척이던 앳된 사내가 집을 나선다

아내는 첫 아이를 가졌고 입덧으로 몰골이 형편없이 말랐다

자신의 숙환이 위중해졌다는 것을 안 사내의 아버지가 막내아들의 혼례를 서두른 탓에 먹고사는 일이 영 말이 아닌 것이다

결혼반지는 벌써 두어 번 아내 몰래 전당포를 다녀왔고 아내는 바깥바람을 쏘이고 온 반지를 내내 못마땅해하면서도 그나마 지킬 수 있어 다행이라며 애써 외면한다

이후 전당포 드나드는 것을 제 피를 팔아 쓰는 매혈(賣血)자들의 처지로나 여기던 아내가 자신의 반지를 내주고 사내의 것을 찾아오라 하는데

사내는 사내대로 아내의 것을 지키느라 자신의 것을 포기하고 집을 나서는 것이다

종일 사내 생각만 하던 아내가 소금물에 쌀을 안친다

이내 들어서는 사내의 손에 낯선 서류봉투가 들려 있다

아내가 봉지를 들여다보고 말이 없다

○○깊은 나무, 브리태니커 사전

　취업 시험을 앞두고 도서관에 다녀온 줄로만 알던 아내가 찬물 두 사발과 소금밥 두 주발을 소반에 차려낸다

　물에 만 밥알들은 다시 입안에서 모이고

　"여보, 당신 하고 싶은 일 있다 했잖아요, 나 더 견뎌볼래요."

　물에 만 밥알들이 저희들끼리 입술을 깨무는 동안 아내가 주발을 들이켠다

　뜨겁고 둥글고 짠 것이 지나가는 것을 목련이 알고 눈길을 비켜선다

그 겨울의 삽화

　내 남자가 되기 전 그 남자가 살던 집

　삼기 몸살로 앓아누웠다는 말에 약봉지 하나 들고 찾아 나섰던 집

　윗녁에서 매파에게 속아 시집왔다는 주인여자의 남편이라는 사내는 광주시내 제일극장 무등극장 현대극장 천일극장…… 어디 정해진 곳 없이 스크린에 새 영화가 올라간다는 부름이 있어야 달려간다는 간판장이라는데

　어쩌다 들어온 일에도 고래술을 마시고 저 아랫동네에서부터 고래고함을 지르고 들어서는 통에 동네 부끄러워 그 버릇 잡겠다고

　눈에 난 살림살이 봐두었다 대문 걷어차고 들어서는 사내 밀쳐내고 눅신하게 몽둥이 휘두르고 지난밤 무슨 일이 있기나 했냐는 듯 예나 똑같이 수발을 드는데

　그 사내 어찌 정신이 깨었는지 부끄러움을 알았는지 간밤의 흔적 다 지우고 시키지도 않은 일 찾아서 잘도 하고

　고분고분 술버릇까지 고쳤다는

　지산동 그 남자의 집

운신도 못 하게 아프다는 말만 종일 따라다녀서 약 봉지 하나 들고 찾아 나섰다가 자취방에 둘만 있는 것을 백열등이 알아채고 같이 조바심쳐주다 돌아오는 밤길

수은등이 밝혀주던 그 집

그해 겨울 광주는 다시 살아보겠다고 한쪽 구석부터 또 이렇게 일어서고 있었다

익모초

길가에 선 익모초 눈에 넣고 도서관 가서 보니

선배 시인이 서고11.7−최18ㅇ에서 해금 산조를 켜고 있다

해당화 화문석에 어머니 모셔두고 어찌나 애를 태우는지

우리 엄마 모본단 저고리에 섬섬히 박혀 있던 홍람빛 익모
초 꽃 하도 이뻐서

나도 이쁜 저고리 입고 시집갈 거라고 그 저고리 나 달라
고 하였다가

우리 엄마 호박잎 같은 치마폭에 일곱 남매 품어내고 달
따라 가버린 날 엄마 딸려 보냈는데 어찌 길가에 피어 있나

우리 일가 대책도 없이 가난해서 공부가 다 뭣이다냐고

매정하게 돌아앉은 아버지 마음 붙들어달라는데 동생들은
무엇으로 가르치라 그러냐고, 여자는 그만하면 됐다고 돌아
도 안 봐서

문고리 잡아 걸던 날 있었다고

숨겨둔 속마음 책머리에 쏟고 마네

엄니는 가난도 곡예인 양 잘도 넘어 엄니 하던 대로 따라
해보면 산허리를 훌쩍 돌아섰는데,

기진한 어린 새끼 지켜내려고 숨 꾹 참고 단번에 삼켜야

쓴다 종주먹을 대시더니 어느새 흙먼지 뒤집어쓴 익모초 뜯
어 들고

　아가, 이 한 종지면 힘 날 것이다 숨 꾹 참고 마셔불거라
　예나 다름없이 애를 태우시네

밥 한 그릇

이른 아침에 나가 늦은 밤 돌아오는 수험생 아들을 일러 아버지는 저 아이 나이가 몇이냐 물으신다

열여덟이라 이르니

내 저 아이만 할 적에 집안 오촌을 따라 경상도 영천 어디로 허드렛일을 갔었니라, 땅이 꽝꽝 언 디서 다리 공사 심부름을 했거든

그 시절이야

집에서 밥 한 그릇 축 내지 않으믄 그것이 수입이었제······ 내 몫아치 해내니라 용을 썼니라

예나 지금이나 제 몫아치 해야 밥 한 그릇 오지 않더냐

아홉 식구, 주발 위에 핀 이팝꽃 한 숭어리가 이렇게 왔더라

거풍(擧風)

강변으로 천렵을 나가거나 사평 물통거리로 물 맞으려 가는 것이 다였던 그 양반, 열 살 남짓에 철부지 친구가 내리친 작두날에 손가락을 잃고 군 미필자 공기관 퇴출령에 도시의 쪽방을 떠돌다

쇠락한 나무가 되었으니

그에게 여행은 할 일 안 하고 싸돌아다니는 한량들의 일로나 여겨져 당최 가기는 어딜 가느냐 해쌌더니, 산수(傘壽)*의 아버지, 시조(始祖)를 찾아뵈러 가자는 말에는 쇠심줄 같은 심지를 내려놓았다

가야국을 찾아

고슬고슬 가실바람이 앞장서고

종손이 예를 갖췄다

외조모가 지어 내린 모시 복색도 반달이를 나와 사그랑 사그랑 아비를 따라 나선다

* 여든을 이름. 산수(傘壽)의 산(傘) 자를 八과 十의 파자로 읽음.

71

엄니

솜대밭
댓가지를 치는 소리
휘파람새도 아니고 풀벌레
울음도 아니다

가만,
뭇 여자애들보다
늦게 당도한 초경 소식 받아 들고
반가운 기색 역력한데
인자, 반평생은 옥바라지해야 허것다
글고 니 몸 간수 니가 잘 해야 헌다
애미 말, 알아듣것제

가엾어
가엾은 눈빛으로
내 눈과 볼을 차례로 쓸어내리는 소리

소곡주 익어가는 고방 문 쪽에서 '세상에 딱 하나뿐인 애

미 부리지 말고 애껴감서 써야 헌다'는 외조모님의 당부도

잇대어 따라오네

실비

    털장갑을 뜨겠다고 무릎에 타래실을 걸어 감다 실 뭉치를 놓치곤 하였다

    그때마다 헝클어진 실타래를 잘라내는 나를 지켜보았던지 어머니가 말씀하셨습니다

    아가, 타래실은 엉켰다고 덜컥 끊어내는 것이 아니란다

    엉킨 고를 찬찬히 따라가다 보면 실이 순해져서 길을 열어 줄 터이니 그리 해보거라

    매사, 그리 몸에 익혀놔야

    어른이 되어도 큰 산 앞이라고 낙심(落心)해 주저앉아 있거나 울고만 있지 않을 것이니 그리 해보아라

    저,

    문 밖

    나를 키운 실비가

    종일 내리시네

제4부

고요

동안거
해제일 지나
늙은 호박의 몸에
손을 얹자
꼭지가 풀썩 주저앉아버린다

고승의
장엄 세계가
황금 못(池)의 고요 속으로
입적하는 순간이라니

붙들었던
일체의 사유를
내려놓는
순간이라니

바람에게 묻다

강변에서 감국(甘菊)을 따 모으려다 화사(花蛇)와 마주쳤습니다

부지불식간의 대면에 나는 뒷걸음 치고 그는 단정한 몸짓과 고운 꽃색만 지상에 걸어두고 없습니다

우리가 만나기나 했냐는 듯 세상에 존재하기나 했었냐는 듯 무거움 속으로 숨어버렸습니다

누가 심어놓은 마음이기에 한쪽은 소스라쳐 외면하고 다른 한쪽은 존재도 없이 숨어듭니까, 어둠의 동굴을 파먹어야 합니까

바람님은 아시지 않나요? 늘 고요히 함께 계시니 말입니다

—사람의 일을 내 어찌 알겠는가* 만물이 평평하니 가만두면 될 일 아니겠는가! 분별은 스스로 생겨나지 않은가!

바람님, 어찌 분별을 말씀하십니까, 저는 무엇을 두고 그윽이 들여다본다 하여도 도무지 알아지는 것이 없는데 어찌 분별이 생겨나기나 하겠습니까

—분별은 굵어진다는 것이니 서서히 굵어질 일이야, 허니 굵어진 나무는 홀로는 스스로를 살리고 만물에게는 의지(依

支)가 되지 않던가!

　바람님, 헌데 우리는 어찌 무엇이다 무엇이다 이름 지으려
할까요

　오늘 일만 하여도 그렇지 않습니까

　—사람의 일을 내 어찌 알겠는가* 허나, 상대를 안다 하는
것도 상대에 대한 이해이고 안부지 규정은 아닐 걸세, 그대
는 어찌 생각하는가

　* 이규보의 「문조물(問造物)」의 대구 '子何知哉'.

장꽃

비워 둔 집

장 단지에 장꽃은 안 보이고

그늘이 들어앉았다

아뿔싸!

너 내게 오기까지

아침이슬에 콩꽃 피워 부전나비를 부르고

햇살은 제 몸 헐어 꼬투리에 고물을 채웠으며

샘물은 수관으로 모여들었다

그뿐이더냐,

땀으로 너를 일군 농군과

신안 앞바다를 가래질해 소금꽃 보내온 염부와

정월 오(午)날 오(午)시 청정하게 너를 빚은 땀이 이러한데

내 너를 어찌할꼬

좋은 장을 얻으려면

장 단지에 표주박 하나 띄워두고

하늘도 바람도 쉬어 가라

분합문 들어줘야

이마에 빛도 들고 쨍한 해 하나 품고 살 터인데

미혹한 내 탓이다

내, 해진 솔기는 사금파리 같은 조각 천 덧대 꿰매 입고

구멍 난 돗자리는 쪽 비단을 둘러 옴팡지게 썼나니

지극한 정성으로 낯빛도 찾아주고 하늘도 들여주마

어찌 나를 믿고 다시 일어서보겠느냐

동자야

불, 들어간다

폭설

성의를
걸친 겨울 강이
종일 문을 닫아걸었다

눈보라에
저를 가두고
침잠해지다가
깊어지기도 하다가
도투마리에 잉아 걸어
한 필의 무명베 짜는 소리만
오래 들려주었다

사는 동안 이런 날 더러 왔다가더라

역설

바람이 귀얄문으로 훑고 지나는 날은 섬의 끝에 가 앉는다
바다는 바다대로 떠날 수 없는 존재 조건에 붙들려 고독
하다

가슴이 짓무른 이는 흥건하게 울어본 이의 눈빛으로 상처
를 동여매듯
바다도 뭍으로부터 밀려온 발자국에 고인 고단의 색이 푸
르러서 제가 가진 푸름으로 고단을 씻어낸다

고단의 무게가 크면 클수록 상처의 빛깔이 진하면 진할수
록 바다는 더 아린 신기루 빛 푸름을 꺼내 우리에게 보낸다

기실, 바다의 색이라 부르는 저 푸름도 우리가 인화문으로
찍어 보낸 발자국에 고인 고단을 씻느라 다 써버린
결핍의 푸른 무늬다

그걸 알리느라 바람은 늘 바쁘게 달려 다닌다

거처

산마루를 지날 때 바람이 잘그랑서렸다

빈 껍데기같이 하얗고 깡마른 열매들이 히어리 가지에 매달려 온 산을 흔들었다

백골의 나비 떼들, 숲 그늘에 앉아 옹송그릴 것은 무엇인가

떠도는 이의 눈에 띌 건 또 무엇인가

흰 뼈만 남은 저 나비 떼들

내 유민(流民)의 마른 자락과 동행하라 문지방에 걸어두고 상해의 옛 거리를 두리번거릴 때

익숙한 몸짓이 공명 앞에 나를 세운다

아리랑 아리랑 아라리오

영혼을 빼앗긴 귀는 아직 바람 앞에 오래 서 있는데 가게의 주인장은 흙피리를 울려 나를 부르고 나는 이국의 거리에서 내 빈 거처를 흥정한다

유민(流民)의 거처를

바람 부는 날

신록이 문을 연 오월에는
천지사방이 푸름으로 가득 차서
우리도 저 푸름같이 보듬어야 할 것들 앞에서
나무가 된다

각자 돌멩이 하나 끌어안고 오후의 그늘을 지날 때
나무들은 제 품에서 바람을 꺼내 서로의 어둠을 털어준다

상고 적 옛사람들같이
유순한 나무의 몸으로 돌아가
서로 몸피에 얼룩진 지문을
읽어주는 것이다

괜찮으냐고
괜찮다고

목수

눈 감으니
헌 집 허물고 새 집 짓는 소리
귀로 다 보인다

추위가 오기 전 완공될 것이라는
이웃의 달뜬 목소리가 다녀가고
시인은 원고지 위에
집을 짓는다

오달진 목재에
대팻날로 길을 내고
먹줄 한 올이 만들어낸 문장을
잔 못질로 퇴고하는
집을 짓는
시인이여

길 위를
떠도는 이의

성소이기를 기도하는
시인의 잔 망치질 소리
동네 나팔꽃을 깨우고
잠든 이의 영혼을
두드린다

서도역

서도(書道)라 쓰인 푯말이
다시 길 떠나야 한다는 말처럼 읽혀
개찰구 밖 플랫폼을 서성인다

물어,
물어 예 왔는데
어디로 가야 하나, 가는 길이 어디냐
물어볼 이조차 없는데
어두워질수록 더 또렷해지는
집 한 채 서 있다

저것은
맨발이거나
혹은 빈 몸에서만 흘러나오는
투명한 시어(詩語)
어두워져야 빛나는
고요한 것의

눈빛

나
맨발로 여기 엎드려
서도(書道)행을 꿈꾸어도
그래도
괜찮겠는가
그대

겸상

끝물 복숭아를 사 들이고 보니
예사 것과 달리 눈에 들어오는 놈들 있다

새의 밥상이다

향기를 품은 것들은
낯빛도 맑아
시력 좋은 그가 조반상에 올렸다
제 아비 생각나 다니러 간 사이
내막을 알 리 없는 주인이
수확해 온 모양이다

복숭아
한 광주리를 두고
새와 나와 과수원 주인이
둘러앉은
겸상인데

새가 남긴 것을 주인이 먹고

주인이 남긴 것은

내가 먹고

또 남은 것은

흙이 기다리다

받아먹고

와온이라고 했다

남으로

남으로 가다 보면

순한 하늘을 만날 것이니

그곳이 와온이라고 했다

고개를 뒤로 젖혀야 볼 수 있는

하늘이 아니란다

휘장 같은 것 두르지도 않아

꾸밈도 내숭도 없는 후박한 하늘이라

구들방 같은 와온(臥溫)에서

헛헛한 마음을 달랜다고

손 뻗으면 닿을 듯한 하늘 머리에 이고

낮달같이 맑은 문절이를 바다에서 건져 담고

봉숭아 꽃물 든 석양도 한 국자

칡넝쿨 같은 사설 한 가락

육자배기 토리로 풀어

양푼째 그러잡고

후루룩 후루룩 마시고는

무던한 칡꽃 향기

무릎까지 차오를 때

그 향기 몰고

집으로 간다고

이별의 발라드

소읍을 떠나며 쓰네

민들레처럼 이 향기 찾아들 날 있으려나 석별의 노래를 부르네

옛것과 새로움이 섞여 묽어진 소읍아

원룸촌에 낮게 엎드린 곤궁한 슬레이트 지붕의 방울토마토와 호박꽃아

흙에 뿌리를 둔 우엉아

모서리와 모서리를 이어 생을 모색해가는 거미야

예닐곱 살에 입은 포플린 블라우스에서 흘러나온 고마리꽃아

도서관 분류기호 800번 줄 기둥 옆 내 자리야

먹이를 분주히 사 나르던 다모아마트야

한번은 환하게 피어 묵정밭을 빛나게 하는 개망초야

그대 내 손목을 끌어 함께 걷던 들길아

너를 향해 석별의 노래를 부른다

우리의 이별은

도돌이표를 마치고

다음 마디로 건너가

부르는 노래이니

우리 이제

안녕

각얼음

눈빛이 산다화 같은 아이, 목소리가 비파나무 숲의 물소리 같은 이이

아버지가 직업군인이라 강원도 원주에 가 계신다는 말에 겨울산 자작나무 숲을 생각하게 했던 아이

어머니와 남동생이라 했던가 언니라고 했던가 남은 가족 셋만 광주에서 산다던 아이

나랑 여중 다닐 때 친해졌으나 사진 한 장 없어 명랑한 웃음소리만 내 귀속에 사는 아이

너는 문득문득 꽃이 피듯 나를 찾아온다

어느 여름이었을 것이다

보리미숫가루를 꺼내 든 나에게 잠깐만 기다리라며 네 집으로 달려가 얼음상자 가득 각얼음을 가져와 먹어보라 건넸다

얼음을 만들어 먹는다는 것을 상상해볼 수 없는 친구에게 제가 누리는 호사를 누려보라고

그리 해주고 싶어 붉어진 뺨으로 대문을 들어서던 혜영아

너는 어느 길목에서 그날을 기억하니

꽃씨 같은 너는

삼나무 숲

숲에 들어보니 삼나무들 서로 반듯해지겠다고 다투어 허리를 편다

그걸 바라보는 나도 발 아래 씨앗을 딛고 여문 생각 하나 들고 숲을 나오는데, 저기 청솔모 기특한 생각 하나 주워 들었는지 오도독 오도독 씨앗을 물어뜯는 중이다

꽃물

너는 대답하고

나는 듣고 너는 묻고 나는 또 듣고

갈대밭 능수버들이 물뿌리개를 기울여 푸름을 더할 때 네
가 거기 있어 풍경 하나가 더 생겼구나 하였더니 초록물이
든 그녀가 웃는다

그녀는 우리가 푸름의 풍경 언저리를 한 바퀴 돌아 나올
즈음 박물관을 다녀온 것 같다며 달떠서 벌써부터 다음에 같
이 올 사람을 생각하였다

그리고 갈대숲이 물의 몸을 지날 때 우리는 꽃집 앞에 섰다

너는 나랑 같이 있다가도 가끔 꽃집으로 달려가곤 하였다

그때마다 초록물이 들어 오거나 희보라가 되어 들어서곤
하였는데 아무래도 너를 따라다니는 꽃물은 네가 꽃집 앞을
기웃거려 생긴 시간의 무늬일 것이다

너는 꽃에게서 너를 보았던 것이다

너를 만나고 온 날은 내가 향기로워지는 것이

그새 너의 꽃물이 흘러든 것이다

인유의 시학

맹문재

1.

  인유란 잘 알려진 말이나 글, 역사적 사건, 인물 등을 작품에 인용함으로써 작품의 의미를 보다 효과화하는 비유법의 한 가지이다. 과거의 문화 및 역사적 자산을 현대의 작품에 활용함으로써 새로운 의미를 창출하면서도 의미를 보다 풍부하게 만든다. 또한 인유된 사항은 사회의 구성원들 모두가 잘 알고 있는 것인 만큼 창작자와 독자 사이에 친밀한 공감대를 형성한다. 시인 역시 사회적인 존재여서 선인들이 이룩한 거대한 문화의 적층 더미 위에서 그 업적을 해석하고 평가하며 재창조하는 자들이라고 볼 수 있다. 따라서 한 시인의 시작품은 고유한 성과물이지만 시간과 공간을 넘어 끊임없이 반복되는 재창작 행위의 산물이기도 하다. 그러므로 인유는 이전 텍스트에 대한 단순한 모방이나 추종이 아니라 문학의 전통에 대한 확인과 아울러 새

로운 가능성을 제시하는 창작 방법이다.[1]

인유의 역사는 아주 오래되어서 500년경의 유협은『문심조룡
(文心雕龍)』에서 "여러 사례들을 원용하여 글의 의미를 증명하고,
옛일들을 인용하여 현재의 의미를 증명하기 위한 문장"[2]인 사류
(事類)로써 설명하고 있다. 유약우 역시 "인유의 사용은 현학(衒
學)의 전시가 아니라 전체 시 구도의 한 유기적 부분으로서 그것
들은 준비되었으므로 하나의 정당한 시적 기교가 된다. 심상이
나 상징들과 같이 인유들은 효과적이고 경제적으로 어떤 감정
이나 장면을 구체화하고 다양한 연상을 불러일으키며, 시에 관
계되는 말들을 확장시킬 수 있다."[3]고 보았다. 또한 텍스트 사이
의 '반복과 다름'으로 파악할 수 있는 패러디도 과거의 문학작품
이나 관습에 되비춰봄으로써 문학 형식의 새로운 가능성을 찾
고 있다.[4] 영시(英詩)에서 인유를 가장 많이 활용한 시인은 엘리
엇(T.S. Eliot)이다. 그는 자신의 시적 위엄이 확립되기 이전에는
표절 시인이라는 오명을 받았지만 인유를 통해 과거와 현재를
대조하는 중층적 효과를 내었고 역사의식이 견고한 전통 시인
으로 평가받았다.[5]

인유는 우리의 경우에도 한시 창작 기법의 한 가지인 용사(用

---

1 맹문재,『지식인 시의 대상애』, 작가, 2004, 181~184쪽.

2 유협,『문심조룡』, 최동호 역, 민음사, 1994, 445쪽.

3 유약우,『중국시학』, 이장우 역, 명문당, 1994, 250쪽.

4 정끝별, 『패러디 시학』, 문학세계사, 1997, 30쪽.

5 유종호, 『문학이란 무엇인가』, 민음사, 1989, 331쪽.

事)가 시문을 지을 때 역사적 사실이나 말 또는 글을 끌어다 쓰면서 작품의 논리를 보완했듯이 뿌리가 깊을 뿐만 아니라 근대시 이후에도 지속되고 있다. 가령 김소월은 민요나 설화를 인유해 「접동새」 등을, 이상은 수학이나 건축학적 원리를 인유해 「오감도」 연작시 등을, 김기림은 엘리엇의 「황무지」를 인유해 『기상도』를 창작한 것이다. 또한 윤동주는 성경의 구절을 인유해 「팔복(八福)」 등을, 박인환은 스펜더 및 버지니아 울프 등을 인유해 「열차」나 「목마와 숙녀」를, 김지하는 판소리 사설을 인유해 「오적」이나 「대설」을, 고은은 5,600여 명에 이르는 인물들을 인유해 「만인보」를, 황지우는 벽보나 영화나 텔레비전 프로나 시사만화 등 인유해 풍자 작품들을 창작했다. 인유의 예는 김수영의 다음 작품에서도 볼 수 있다.

나는 이사벨 버드 비숍 여사와 연애하고 있다 그녀는
1893년에 조선을 처음 방문한 영국 왕립 지학협회 회원이다
그녀는 인경전의 종소리가 울리면 장안의
남자들이 사라지고 갑자기 부녀자의 세계로
화하는 극적인 서울을 보았다 이 아름다운 시간에는
남자로서 거리를 무단통행할 수 있는 것은 교군꾼,
내시, 외국인의 종놈, 관리들뿐이다 그리고
심야에는 여자는 사라지고 남자가 다시 오입을 하러
활보하고 나선다고 이런 기이한 관습을 가진 나라를
세계 다른 곳에서는 본 일이 없다고
천하를 호령한 민비는 한 번도 장안 외출을 하지 못했다
고……

전통은 아무리 더러운 전통이라도 좋다 나는 광화문
네거리에서 시구문 진창을 연상하고 인환(寅煥)네
처갓집 옆의 지금은 매립한 개울에서 아낙네들이
양잿물 솥에 불을 지피며 빨래하던 시절을 생각하고
이 우울한 시대를 파라다이스처럼 생각한다
버드 비숍 여사를 안 뒤부터는 썩어빠진 대한민국이
괴롭지 않다 오히려 황송하다 역사는 아무리
더러운 역사라도 좋다

— 김수영, 「거대한 뿌리」 부분

위의 작품에서 김수영은 비숍(Isabella Bird Bishop, 1831~1904)
여사를 인유하고 있다. 비숍 여사는 1894년부터 1897년까지 네
차례에 걸쳐 조선을 방문한 뒤 고국으로 돌아가 『한국과 그 이
웃 나라들』을 저술했다. 김수영은 그 책을 읽고[6] 조선 민중들에
대한 비숍 여사의 애정 어린 인식을 발견했고, 자신의 역사의식
을 전면적으로 전환했다. 조선에 처음 도착했을 때 비숍 여사는

---

6 "인경전의 종소리가 울리면 장안의/남자들이 사라지고 갑자기 부녀자의
세계로/화하는 극적인 서울"을 보았다는 내용은 비숍 여사의 저서에 나온
다. "저녁 8시경이 되면 대종(大鐘)이 울리는데 이것은 남자들에게 귀가할
시간이라는 것을 알려주는 신호이며 여자들에게는 외출하여 산책을 즐기
며 친지들을 방문할 수 있는 시간이라는 것을 알려주는 것이다. (중략) 그
밖에는 장님과 관리, 외국인의 심부름꾼, 그리고 약을 지으러 가는 사람들
이 통행금지에서 제외되었다. (중략) 자정이 되면 다시 종이 울리는데 이때
면 부인은 집으로 돌아가야 하고 남자들은 다시 외출하는 자유를 갖게 된
다."(이사벨라 버드 비숍, 『한국과 그 이웃 나라들』, 이인화 역, 살림, 2001,
63쪽)

궁핍하고 더러운 환경에서 살아가는 조선 민중들의 초라한 삶에 많이 실망했지만, 잘생기고 힘이 세고 친절하고 무례하지 않고 명민하고 총명한 모습 등을 발견하고는 긍정적으로 인식했다. 김수영은 시민들에 의한 4·19혁명이 민주주의를 가져오지 못했고 사회의 부정부패를 막지 못했으며 미국의 교활한 식민지 정책과 남북 분단의 심화 등에 대응하지 못하는 상황에 실망하고 있었는데, 비숍 여사의 그 민중 의식을 발견하고는 "썩어 빠진 대한민국이/괴롭지 않다 오히려 황송하다 역사는 아무리/더러운 역사라도 좋다"라고 노래한 것이다.

김종숙 시인의 시세계에서도 인유는 작품의 주제, 형식, 분위기 등을 심화시키는 역할을 하고 있다. 시인은 다산 정약용, 추사 김정희와 그의 제자인 이상적, 고산 윤선도, 공자와 그의 제자인 안연과 자하, 백석 시인, 이중섭 화가, 백운거사 이규보 등을 인유하면서 자연의 질서와 이치는 물론 인간 가치와 시의 의의를 새롭게 제시해주고 있는 것이다.

2.

　광주부 초부면 마현의 여유당(與猶堂) 낙숫물 자리에 가벼운 흙모래는 다 흘러가고 굵은 모래만 태산이다

　수없이 캐묻고 두드린 흔적이다

—「마현에서」 전문

"광주부 초부면 마현의 여유당(與猶堂)"은 조선 후기의 대표적인 학자이자 사상가인 다산 정약용의 집이자 당호이다. 정약용은 유배지에서 지은 호인 다산(茶山)과 함께 마현리에 돌아와 만년을 보낼 때 "여유당"이란 호를 지어 사용했다. 여유당은 노자의 『도덕경』 제15장에서 "신중하게 망설이는 품은 마치 겨울에 강을 건너듯 하고, 근신하고 경계하는 품은 마치 사방에서 엿보는 듯하다"[7]라는 글귀에서 가져온 것이다. 잘 망설이는 짐승의 이름인 '예(豫)'와 상통하는 '여(與)'는 물론 그와 같은 짐승의 이름인 '유(猶)'를 선택한 것은 겨울 냇물이 매우 차갑기 때문에 빠지지 않으려면 조심히 건너야 하듯이 세상에는 감시하는 눈들이 많으므로 항상 조심히 행동하려는 것이었다.

다산은 스물셋의 나이에 정조에게 『중용』을 강의할 정도로 신임을 얻었고, 거중기를 발명해 수원성의 축조에 사용함으로써 경비와 공사 기간을 줄였듯이 실학을 추구했다. 그렇지만 남인 세력들이 천주교 신봉으로 형벌을 받게 된 사건을 계기로 18년 동안 유배 생활을 했다. 다산은 그 유배지에서도 손에서 책을 놓지 않고 학문에 전념했다. 그 결과 정치와 사회 개혁을 제시한 『목민심서』 『경세유표』 『흠흠신서』 등 500여 권의 저서를 남겼다. 귀양살이를 끝내고 마현의 생가에 돌아왔을 때도 못다 이룬 학문을 『여유당전서(與猶堂全書)』를 편찬하며 갈무리했다.

위의 작품에서 "가벼운 흙모래는 다 흘러가고 굵은 모래만 태

---

7 "豫兮若冬涉川 猶兮若畏四隣"(『노자/장자』, 장기근 역, 삼성출판사, 1981, 71쪽)

산"인 것은 다산이 "수없이 캐묻고 두드린 흔적"으로 볼 수 있다. 즉 많은 저서들을 통해 제시한 지역 차별 타파, 당색 타파, 세제 개혁, 인재의 고른 등용, 신기술 개발, 농민을 위한 정책 등 실사 구시의 학문 정신이다. 또한 떳떳한 도리를 밝히고, 즐거운 뜻과 원망과 사모하는 마음을 펴고, 세상을 걱정하고 힘없는 사람을 도와주려는 마음을 차마 그만두지 못하는 "정신과 기맥"[8]인 그의 시론이기도 하다. 따라서 그의 "흔적"은 뚜렷하면서도 청정하다.

> 목민관
> 해관 행장은
> 부임 시 행장 규모를
> 벗어나지 말아야 한다던 다산을 생각하며
> 내 초록의 찻물 우려낸
> 낡은 다관 싸 들고
> 집으로 가네
>
> 선생도
> 귀향 행장을 꾸려
> 집으로 가는 길이
> 실금만 무수한 낡은 다관을
> 그러잡는 일
> 같았을까
>
> 이제껏 쓰였으니 그것이면 족하지

---

8 정약용, 『유배지에서 보낸 편지』, 박석무 편역, 창비, 2012, 157쪽.

예속의 옷을 벗고
벗어둔 나를 주워 입으려
집으로 가네

집으로 가는 길은
청운도 적운도 다 품어
빨래하기 좋은 날, 당목 홑청 뜯어들고
간짓대 드리우고 팔랑팔랑 말리려네

— 「귀향」 전문

위의 작품의 화자는 "집으로" 가는 길 위에서 다산 정약용의 생애를 떠올린다. 다산은 "목민관/해관 행장은/부임 시 행장 규모를/벗어나지 말아야 한다"고 다짐하며 관직 생활을 했다. 그 결과 부정하고 부패한 벼슬아치는 부임할 때보다 해관(解官)되었을 때의 행장 규모가 더 큰 데 비해 다산은 "실금만 무수한 낡은 다관을/그러잡"은 것이 전부였다. 그리하여 화자 또한 다산의 생애를 거울로 삼고 "초록의 찻물 우려낸/낡은 다관 싸 들고/집으로 가"는 것이다.

하루의 일과를 끝내고 귀가하는 길이 그러하듯이 객지 생활을 하다가 귀향하는 길은 편안하다. 출근할 때는 일터에 늦지 않기 위해 서두를 뿐만 아니라 더 많은 양식을 구하기 위해 온몸으로 뛰어야 하듯이 집을 떠난 삶이란 "청운"이며 "적운"을 추구하느라 바쁘고 힘들다. "예속의 옷"을 입을 수밖에 없는 것이다. 그렇기 때문에 객지 생활을 접고 귀향하는 일은 "벗어둔 나를 주워 입"는 것이기에 마음이 편하다. 양식을 충분히 구했든

구하지 못했든 퇴근하는 길은 편안한 것처럼 귀향하는 길 역시 출세를 했든 그렇지 못했든 후련한 것이다. 화자가 "집으로 가는 길은/청운도 적운도 다 품어/빨래하기 좋은 날"이라고 즐거워하는 것이 그 모습이다. 화자는 "당목 홑청 뜯어들고/간짓대 드리우고 팔랑팔랑 말리"고 싶다고까지 노래한다. 다산의 담백하고 청정한 정신을 인유하며 자신의 삶의 나침반으로 새기고 있는 것이다. 이와 같은 면은 추사 김정희와 그의 제자인 이상적을 노래한 다음의 작품에서도 볼 수 있다.

> 인적 끊긴 산중인데 물길 닿는 소리 한결같다
> 이역만리 밖 이상적(李尙迪)이 탱자울 궁벽한 추사를 좇는 우도(友道)의 물길이 이 같다 하였던가
> 아직 산문 밖에선 훼절의 소식 끊이질 않는데 저 기운찬 물살은 어느 심연에 물꼬가 닿아 저리 당당하고 촉촉한가
> ──「폭포 1」전문

"이상적"은 중국을 열두 차례나 다녀올 정도로 뛰어난 역관이자 문인이었다. 8차 연행 때 북경에서 문집『은송당집(恩誦堂集)』을 간행했는데 제목, 서문, 찬을 청나라 문인들이 써주었을 정도였다. 또한 청나라 문인들로부터 받은 편지를 모아『해린척소(海隣尺素)』라는 서한집을 묶어 조선의 역관들에게 큰 도움을 주었다. 청나라 조정 인사에 대한 정보, 청조 인사들의 문화적 취향, 당시 사회의 분위기, 문물 교류의 구체적 정보 등을 전해준 것이다. 해린이란 '세상 모두가 이웃'이라는 의미로 당나라 시

107

인 왕발(王勃)이 "세상에서 나를 알아주는 사람이 있다면/하늘 저 끝도 이웃과 같다"(海內存知己, 天涯若比隣)라고 노래한 데서 따왔다.[9]

이상적은 추사에게 시와 글씨와 그림을 배운 제자로서 중국에 다녀올 때마다 책과 중국 문인들의 편지를 들고 제주도에서 유배 생활을 하는 스승을 찾았다. 오랜 유배 생활을 하는 추사의 주위에는 사람들이 없었지만, 이상적은 거센 풍랑을 헤치고 찾아간 것이다. 추사는 이상적의 지극한 정성을 생각해서 〈세한도〉를 그려 보내주었다. '세한'이란 말은 "날씨가 추워진 뒤에야 소나무와 잣나무가 더디 시듦을 아느니라"[10]는 『논어』에서 가져온 말이다. 태평무사한 때는 모르지만 나라의 일이 있을 때 군자와 소인을 구별할 수 있고 충신과 열사를 알 수 있다는 것이다. 이상적은 추사가 그려준 〈세한도〉를 청나라의 북경에 가지고 가 강소성을 중심으로 한 최고의 문사들에게 화찬(畵贊)을 받아올 정도로 스승을 섬겼다.

친구를 사귀는 데 우도(友道)가 필요하듯이 스승과 제자 사이에도 도리를 지켜야 한다. 위의 작품의 화자는 "인적 끊긴 산중인데 물길 닿는 소리 한결같다"고, 즉 자연의 질서에서 그 도리를 찾고 있다. "이역만리 밖 이상적(李尙迪)이 탱자울 궁벽한 추

9 정후수, 「역관이 다투어 읽던 중국인의 편지, 『해린척소』의 가치」(『동악어문학』 59집, 동악어문학회, 2012, 381쪽) 및 이언적 편, 『북경편지』, 정후수 역, 사람들, 2007, 6~13쪽.

10 "歲寒然後知松柏之後彫也."(이가원, 『논어』, 교육출판공사, 1986, 232쪽)

사를 좇는 우도(友道)의" 길이 변함없는 "물길"과 같다고 인식하
는 것이다. 스승과 제자 사이의 도리는 자신의 선택에 의해 맺
어진 것이기에 자신의 의지와 상관없는 운명에 의해 맺어진 부
모와 자식 간의 도리보다 소중할 수 있다. 책임과 의무가 분명
한 것이다. 그리하여 "산문 밖에선 훼절의 소식 끊이질 않"고 있
지만 "저 기운찬 물살은 어느 심연에 물꼬가 닿아 저리 당당하
고 촉촉한가"라고, 올곧은 "폭포"를 노래하고 있다. "폭포"의 자
세를 "훼절"이 횡행하는 이 세상을 비춰주는 거울로 여기고 있
는 것이다. 김수영 시인이 폭포 앞에서 "계절과 주야를 가리지
않고/고매한 정신처럼 쉴 사이 없이 떨어진다"(「폭포」)라고 노래
한 것과 상통한다.

3.

조곤이 와

오늘부터 당신은 나의 영원한 마누라야 죽기 전에 우리
사이에 이별은 없어요. 세상 여자들의 귀를 혼곤하게 적시
는 너는 내 여자라는 말,

초동(初冬)의 나무 한 가지를 흔들어 영원(永遠)밖에 모르
는 그녀는 처마가 깊어져 그늘을 가졌다

가난하고 외롭고 높고 쓸쓸하니 살어 가도록 태어났다는
사내,

하눌이 이 세상을 내일 적에 그가 가장 귀해 하고 사랑하
는 것들은 모두 가난하고 외롭고 높고 쓸쓸하니
그리고 언제나 넘치는 사랑과 슬픔 속에 살도록 지으셨
다는
바구지꽃,
그녀의 사랑이 머물다 간 자리

오래 비어 고요한 끝

— 「정가(靜柯)」 전문

위의 작품의 "사내"는 객지의 방 안에서 흰 벽을 바라보며 자
신이 "가난하고 외롭고 높고 쓸쓸하니 살어 가도록 태어났다"[11]
고 절망한다. 그렇지만 자신에게 주어진 운명 앞에서 좌절하지
않는다. 그리하여 "하눌이 이 세상을 내일 적에 그가 가장 귀해
하고 사랑하는 것들은 모두 가난하고 외롭고 높고 쓸쓸하니/그
리고 언제나 넘치는 사랑과 슬픔 속에 살도록 지으셨다"[12]며 위
안을 삼는다. 그것은 자신이 "오늘부터 당신은 나의 영원한 마
누라야. 죽기 전에 우리 사이에 이별은 없어요."[13]라고 말한 약
속이 있기 때문이다. 즉 따뜻한 방 안의 밥상에 둘러앉아 아이
들과 함께 저녁을 먹을 사랑하는 사람이 있기 때문이다. 따라서
자신이 겪고 있는 가난과 외로움과 쓸쓸함과 슬픔을 이겨내야
겠다는 의지를 품는다.

---

11 백석의 시 「흰 바람벽이 있어」 중에서.
12 위의 시작품 중에서.
13 김자야, 『내 사랑 백석』, 문학동네, 1996, 41쪽.

그렇지만 "세상 여자들의 귀를 혼곤하게 적시는 너는 내 여자라는 말"은 이루지지 않았다. 그 대신 "초동(初冬)의 나무 한 가지를 흔들어 영원(永遠)밖에 모르는 그녀는 처마가 깊어져 그늘을 가"지게 되었다. 그리고 "바구지꽃"이 피었다. 그 꽃은 "그녀의 사랑이 머물다간 자리"로서 아름답지만 쓸쓸하고도 애틋하다. "오래 비어 고요한 끝"으로 느껴질 만큼 먹먹하기도 하다.

위의 작품에서 화자는 백석 시인의 「흰 바람벽이 있어」의 구절들이며 김자야 여사의 고백을 인유하고 있다. 백석 시인과 김자야 여사의 이루어지지 못한 사랑을 안타까워하면서도 아름다운 그 사랑을 동경하며 정가(情歌)를 부르고 있는 것이다. 그리하여 혈연적 연대감마저 느껴진다.

> 시인의 집 김장김치에는 시가 버무려져 있다
> 입동 지나, 꿩이 큰물에 들어
> 대합으로 여물어간다는 절후(節候), 즈음
> 시인은 화사한 맛을 불러온다는 황석어젓을
> 소에 마저 섞어 호아지라 하고
> 사내는 김치가 버무려지는 풍경으로 들어와
> 시집을 펼쳐 든다
> 시 한 소절 읽어내릴 때마다
> 배추포기 사이, 사이마다 시가 쟁여져서
> 가지취 내음새가 나는 여승이 지나가고
> 풍구재도 얼럭소도 쇠드랑볕도 모다 즐거이 지나가고 나면
> 사내는 읽던 시 내려두고 배추포기 들여오고
> 시 한 소절 읽고 김치 한 입 맛보고
> 북방의 시냇물 소리 움켜쥔

무 광주리 들여오고
차분차분 쟁여 담은 김장독
제자리 찾아가며
올 김장은 시가 배어
대들보 우에 베틀도 채일도 토리개도 모도들 편안하니
평평한 소식만 들려오겠다고
싸르락 싸르락
싸락눈
소리도 없이
나리고

　　　　　　　　　　　　― 「시가 버무려지는 시간」 전문

　위의 작품에는 "김장김치에는 시가 버무려져 있"는 "시인의
집"이 소개되고 있다. "입동 지나, 꿩이 큰물에 들어/대합으로
여물어간다는 절후(節候), 즈음"에 하는 집안의 행사로 "시인은
화사한 맛을 불러온다는 황석어젓을/소에 마저 섞어 호아지라
하고", "사내는 김치가 버무려지는 풍경으로 들어와/시집을 펼
쳐 든다". "시 한 소절 읽어내릴 때마다/배추포기 사이, 사이마
다 시가 쟁여"질 정도로 부부 사이는 화목하고, "가지취 내음새
가 나는 여승이 지나"[14]갈 정도로 살림살이는 풍족하다. "풍구재
도 얼럭소도 쇠드랑볕도 모다 즐거이 지나가"[15]는 모습도 마찬가
지이다. 그리하여 백석의 시 「연자간」에 등장하는 연자매로 방

14　백석의 시 「여승」 중에서. 이 작품에 등장하는 여성은 이루 말할 수 없이
　　가난하고 슬픈 운명을 안고 있다.
15　백석의 시 「연자간」 중에서.

아를 찢는 풍경뿐만 아니라 달빛도 햇빛도 집안의 농기구도 소도 닭도 송아지도 편안하고 풍성하다.

결국 일제강점기 조선 민중들의 삶은 가난하고 힘들었지만 결코 함몰되어서는 안 된다고 생각하고 세시풍속과 음식문화를 풍성하게 노래한 백석 시인의 의식을 작품의 화자는 계승하고 있는 것이다. 그와 같은 모습은 "사내는 읽던 시 내려두고 배추포기 들여오고/시 한 소절 읽고 김치 한 입 맛보"는 것으로도 지속된다. "북방의 시냇물 소리 움켜쥔/무 광주리 들여오고", "차분차분 쟁여 담은 김장독/제자리 찾아가"는 것으로도 이어진다. 그리하여 "대들보 우에 베틀도 채일도 토리개도 모도들 편안하니/평평한 소식만 들려"올 것이 기대된다. "싸르락 싸르락/싸락눈/소리도 없이" 내린다. 이와 같은 혈연적 연대감 내지 공동체 의식은 공자와 그의 제자인 안연과 자하 사이에서도 볼 수 있다.

4.

수곽으로
물 흘러드는
소리를 듣네
소리는 소리를 부르고
다시 또랑한 소리는 새로운 소리를 불러
소리는 물음이 되고
물음은 음계 없는
긴 질문이어서

물음은 물음을 낳고
다시 물음은 새로운 물음을 낳아
거기, 귀가 순해지기를 기다리는
늦깎이 여학생도
귀에 들어오는 질문과
물음을 받아 적느라
산그늘이 지는 줄
모르네

가만,
그 끝에
안연(顔淵)과 자하(子夏)도
공자에게 묻고 답하네
공 선생이 제자들에게
새 물을 길어
붓네

　　　　　　　　　　　　　—「안연과 자하」 전문

　위의 작품의 화자는 자신의 귀로 "수곽으로/물 흘러드는/소리
를 듣"는다. 귀는 소리를 들을 수 있는 기능을 갖추고 있을 뿐만
아니라 소리를 들어야 하는 책무도 있다. 그렇지만 많은 사람들
은 자신에게 이익이 되고 유리한 소리만 들을 뿐 손해되거나 불
리한 소리는 듣지 않는다. 따라서 들리는 소리를 자연스레 듣는
것은 이치를 따르는 모습으로, 곧 공자께서 말씀하신 이순(耳順)
으로 볼 수 있다. 귀로 듣는 모든 것을 순조롭게 이해하기에 "소
리는 소리를 부르고/다시 또랑한 소리는 새로운 소리를 불러"

모으는 것이다.

　그런데 화자는 "소리는 물음이" 된다고 인식한다. "물음은 음계 없는/긴 질문이어서/물음은 물음을 낳고/다시 물음은 새로운 물음을 낳"는다는 것이다. 이순이 결코 결과가 아니라 과정이고, 정적인 것이 아니라 동적인 것이라고 자각하는 모습이다. 그리하여 화자는 자신을 "거기, 귀가 순해지기를 기다리는/늦깎이 여학생"이라며 "귀에 들어오는 질문과/물음을 받아 적느라/산그늘이 지는 줄/모르"고 있다고 노래한다. 공자와 그의 제자인 안연과 자하의 학문하는 자세를 본보기로 삼는 것이다. 질문하고 답하는 "그 끝에" "안연(顔淵)과 자하(子夏)도/공자에게 묻고 답하"다가 결국 "공 선생이 제자들에게/새 물을 길어/붓"는 방식을 기대하는 것이다.

　그런데 화자가 공자의 수많은 제자 중에서 "안연과 자하"를 선택한 것은 주목된다. 안연은 공자가 가장 아끼고 기대를 가졌던 제자로 이름은 회(回)였는데, 가난 속에서도 스승의 가르침인 덕행을 실천하기에 힘썼다. 또 다른 인물인 자하는 문학에 밝았다. 공자는 만년에 중국의 경전과 고대 문화 연구에 매진했는데, 자하는 그것들을 해석하고 후세에 전하여 유학의 발전에 공헌했다.[16] 따라서 화자는 안연을 통해서는 덕행을, 자하를 통해서는 문학을 배우고자 한다. 물론 안연과 자하에게 가르침을 준 공자에게도 배우려고 한다. 그런데 안연과 자하는 공자에게 일

16　김학주 편저, 『논어』, 서울대학교출판부, 1993, 64~73쪽.

방적이지 않고 묻고 답하는 방식으로 배웠다. 그리하여 화자는 덕행과 문학을 그들과 같은 방식으로, 즉 적극적으로 교류하면서 가르침을 얻고자 하는 것이다. 화자가 자연의 이치 내지 질서를 따르고자 하는 것은 이 의도와 관계가 깊다. 과학 기술의 발전과 경험의 확대를 통해 어느덧 인간은 자연을 경외의 대상이 아니라 단지 삶을 영위히는 데 필요한 자원의 대상으로 여긴다. 그리하여 자연을 탐험하고 개발해 고갈시키거나 훼손시켜 인간 자신도 황폐화되고 있다. 화자는 이와 같은 세계관을 극복하기 위해 자연을 인간과 함께하는 존재로 인식하고 그것의 이치며 질서를 따르고자 한다. 고산 윤선도를 인유한 것이 그 구체적인 자세이다.

능수버들의 문장에 녹우(綠雨)가 흐르네
문장은 나를 멈춰 서게도 정토를 기웃거리게도 하네

그의 시문(詩文)을 들여다보는 사이에도 문장은 쉼 없이
돋아나고 나는 돌계단에 앉아 귀를 기대네

나를 멈춰 서게 하는 녹우여,

그윽한 문장이여
유려한 필체여

오늘은 저 빗줄기 속에 돋아나는 말을 따라가보기로 하
네, 푸른 사유의 관정을 기웃거리네
— 「별서(別墅)에서」 전문

위의 작품의 제재인 "녹우(綠雨)"는 늦봄과 초여름 사이에 내리는 비의 개념을 넘어 우거진 잎을 나타낸다. 그 잎의 색감이며 형태며 움직임이란 약동하는 생명력을 고스란히 보여준다. 화자는 그 풍경을 바라보며 "능수버들의 문장에 녹우(綠雨)가 흐르네//문장은 나를 멈춰 서게도 정토를 기웃거리게도 하네"라고 노래한다. 능수버들에 얹힌 녹우의 청정함과 아름다움은 화자가 시인으로서 이루고자 하는 문장이다. 그리하여 화자는 그 문장을 중생들이 살아가는 번뇌와 고해의 현실세계인 예토(穢土)가 아니라 장차 부처가 될 보살이 거주하는 청정한 땅인 "정토"(淨土)로 부르고 있다.

화자는 자신이 추구하는 문장의 본보기로 고산 윤선도의 작품을 들고 있다. "그의 시문(詩文)을 들여다보는 사이에도 문장은 쉼 없이 돋아나고 나는 돌계단에 앉아 귀를 기대네"라고 노래하는 것이다. "나를 멈춰 서게 하는 녹우여,//그윽한 문장이여/유려한 필체여"라고 감탄하기도 한다. 그리하여 화자는 "오늘은 저 빗줄기 속에 돋아나는 말을 따라가보기로" 한다. "푸른 사유의 관정을 기웃거리"는 것으로, 곧 고산의 작품 세계에 다가가는 것이다.

주지하다시피 고산은 조선시대의 대표적인 시조시인이이다. 유배지인 전남 해남의 금쇄동에서 지은 「오우가」며 부용동에서 지은 「어부사시사」는 한국어의 예술적 가치를 최고로 발현시켰다는 평가를 받고 있다. "내 버디 몃치나 ᄒ니 슈석(水石)과 숑듁(松竹)이라/동산(東山)의 ᄃᆞᆯ 오르니 긔 더욱 반갑고야/두어라 이

117

다숫 밧긔 또 더ᄒ야 머엇ᄒ리"[17]로 시작하는「오우가」는 우리말의 아름다움을 구사하며 자연과의 동화를 노래했다. 또한 보길도 어부들의 사계절 생활과 어촌 풍경을 각 10수씩 총 40수로 그린「어부사시사」역시 조선시대 시가 문학의 백미로 꼽을 수 있다. "古來로 時調作家가 數없이 많어, 가다가 特出한 絶唱이 없었던 비도 아니지마는 그들의 作品 全體로 보아 孤山만큼 大成한 이는 일찍 없었다."[18]라고 평가할 수 있는 것이다.

고산은 성격이 곧고 강직해 시비를 가림에 있어 타협이 없었다. 그리하여 반대 세력들의 시기와 모함으로 인해 일생의 대부분을 유배지에서 보냈다. 특히 효종의 죽음을 두고 송시열을 위시한 서인들이 효종이 장남이 아닌 차남이기에 일년상을 치러야 한다고 주장하자, 고산은 효종을 적자로 인정해 삼년상을 치러야 한다고 맞섰는데, 그 바람에 81세까지 유배 생활을 했다. 그렇지만 고산은 유배지에서도 좌절하지 않고 학문 연구에 열중하고 시문에 몰두했다. 그리하여 그가 남긴 시조 75수는 한국문학사상 최고의 작품으로 평가받고 있다.

고산은 효종이 선물한 수원의 집을 영원히 기념하고자 해남으로 이전해 짓고 녹우당이라고 이름 붙였다. 따라서 "녹우"는 윤선도가 태어나고 타계한 집을 가리키기도 한다. 작품의 제목에 별장을 뜻하는 "별서"가 들어간 데에서도 알 수 있다. 화자는 그 "별서"에서 "녹우"를 바라보며 고산의 삶과 문학 세계를 떠올

---

17   고산 윤선도,『고산 유고』, 이형대 외 역, 소명출판, 2004, 315쪽.

18   조윤제,『한국문학사』, 탐구당, 1985, 232쪽.

린다. 한국어의 예술적 가치를 살려낸 고산의 문체를 인유해 자연의 이치와 질서를 다시금 품는 것이다. 고산은 생애에 여러 차례 유배를 가는 등 정치적으로 시련을 겪었고, 자식의 죽음을 맞는 등 인간적인 아픔을 겪었지만, 친부모와 양부모의 삼년상을 마쳤고, 가난한 제자들에게 글을 가르쳤으며, 적서차별이 엄연하던 시대를 완전히 극복하지는 못했지만 서자도 같은 자식으로 대했다. 그리고 자연의 의연함과 아름다움에 동화되는 삶을 추구했다. 역경 속에서도 굴하지 않는 인간 가치를 자연의 질서와 이치를 통해 발견하고 미학으로 창출한 것이다.

김종숙 시인이 다산 정약용이나 고산 윤선도, 추사 김정희와 그의 제자인 이상적, 공자와 그의 제자인 안연과 자하, 백석 시인 등을 인유한 것도 마찬가지이다. 그들의 말이나 글이나 행동을 통해 인간이 지향해야 할 가치를 제시하고 있는 것이다. 이와 같은 의도는 아리스토텔레스가 『시학』에서 인간은 본래적으로 모방하는 존재라고 한 사실에 비추어보면 충분히 가능하다. 인간은 특별히 모방을 잘한다는 점에서 동물과는 구별되고, 최초의 지식을 모방을 통해서 획득하고, 그리고 모방을 통해 즐거움을 얻는 존재이다. 따라서 김종숙 시인이 추구하는 인유들은 작품의 주제와 형식을 심화시키는 것은 물론 독자와 함께 전통을 공유하면서 인간 가치며 시의 의의를 충분히 제시해주고 있다.

孟文在 | 문학평론가 · 안양대 교수

푸른사상 시선 85

동백꽃 편지

김종숙